Uan Eilidh

Kim Lewis

Latha fliuch earraich aig àm breith nan uan, chuir athair Eilidh uan beag ri taobh na stòbha. Chaidh e an uair sin air ais dhan achadh a choimhead airson màthair an uain.

Bha an t-uan agus Eilidh a' coimhead ri chèile.

"Mè," thuirt an t-uan, a' suidhe an àird na bhogsa.

Bha Eilidh ag iarraidh an t-uan a chumail gus am faigheadh i coimhead às a dhèidh.

Seach gun robh e uabhasach fliuch,
thiormaich Eilidh an t-uan.
Dh'fheuch i ri chumail blàth,
oir bha e glè fhuar.
Thug i biadh dha,
oir bha an t-acras air.

Nuair a bha an t-uan tioram agus blàth agus
air biadh fhaighinn, chluich e fhèin agus Eilidh.
"Mè," ars an t-uan, 's a h-uile rud
a' dol bun-os-cionn.

An uair sin thug Eilidh an t-uan airson cuairt
agus thòisich e a' leum às a dèidh.

Bha Eilidh ag iarraidh falach-fead a chluich.

Dhùin i a sùilean agus chunnt i gu deich.

"Tha mi a' tighinn!" dh'èigh i.

Bha Eilidh a' coimhead air a shon

anns an stàball.

Choimhead i air a shon anns an t-sabhal.

Choimhead i timcheall a' ghàrraidh air fad.

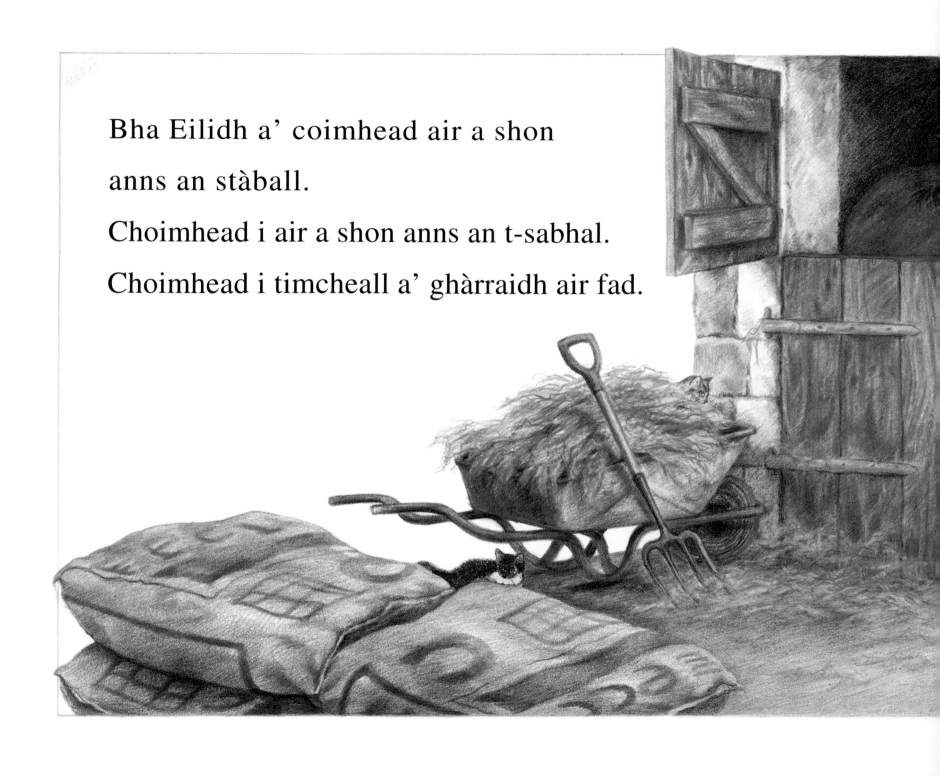

Chan fhaigheadh i lorg air an uan
anns an taigh.

Cha robh e anns a' bhogsa.

Cha robh e anns an fhaing.

"Dè tha mi a' dol a dhèanamh?"
dh'èigh i.

Chan fhaigheadh i lorg air an uan an àite sam bith.

Cha robh Eilidh ag iarraidh cluich a-nis idir.

Bha i ag iarraidh gun tilleadh an t-uan.

Smaoinich i gum biodh e fuar agus acrach.

"Càit a bheil thu?" dh'èigh i.

Thàinig "Mè" bho sheada an fheòir.

Ruith Eilidh a-steach agus thug i sùil.

Siud an t-uan ann am bogsa nan cearc,

far an robh na cearcan a' breith

nan uighean.

Rinn e "Mè," agus ruith e gu Eilidh.

"Bha dùil agam gun robh mi air do chall," ars Eilidh,

's i ga chumail faisg oirre.

Cha b' urrainn dhi coimhead às a dhèidh na h-aonar.

Dh'fheumadh e bhith còmhla ri mhàthair.

Ach càit an robh i?

An uair sin chunnaic Eilidh a h-athair a' tighinn.

Bha caora gun uan a' ruith roimhe ag èigheach.

"Mè," dh'èigh an t-uan.

Rinn e beagan spàirn airson faighinn às.

Chuir Eilidh sìos e agus ruith e

cho luath 's a b' urrainn dha gu mhàthair.

Chaidh Eilidh chun an achaidh an ath latha.

Nuair a dh'èigh i, thàinig an t-uan na ruith.

"Am bi cuimhn' agad ormsa?" dh'fhaighnich Eilidh.

Bha an t-uan agus Eilidh a' coimhead ri chèile.

"Baaa," thuirt an t-uan, a' crathadh earbaill.

Dha Sara agus dham mhàthair

A' Ghàidhlig le
Seonag Ghreumach

A' chiad fhoillseachadh ann an 1991 le Walker Books Ltd

Foillsichte sa Ghàidhlig ann an 1994 le Acair Earranta,
7 Sràid Sheumais, Steòrnabhagh, Leòdhas

Printed in Hong Kong

Chuidich Comhairle nan Leabhraichean am foillsichear le cosgaisean an leabhair seo.

LAGE/ISBN 0 86152 115 3